KB037489

아침달 시집

맑고 높은 나의 이마

김영미

시인의 말

바닷가에서

네 발자국만 골라
품에 안고 돌아왔다

앞가슴이 모두 젖어 있었다

잘 모르는 곳이 아팠다

2019년 6월
김영미

차례

1부

2부

3부

인터뷰

1부

합정

막대 아이스크림을 빨았다 외인묘지 길을 걸었다

이국의 언어로 쓰인 비명이었지만 아치형의 돌문은 쉽게 열
렸다
무릎을 세우고 앉았다 허벅지에 모르는 사람의 생몰연도가
새겨졌다

당신이란 세계가 열리던 순간은 나라는 세계가 닫히던 순간
나는 입술이 없어지고 없는 것을 핥다 보면 없는 것을 낳을
것도 같아
혀를 세우고 말을 눕혔다

한 사람에게 입술이 여러 개일 수도 있다는 걸 알게 되었다
하나의 입술을 열자 여러 개의 비석이 보였다

아이스크림 막대를 잔디에 꽂았다
개미들이 비문을 완성해 나갔다

아름다운 정원이었지만 출구를 찾을 수 없었다

스트로베리 필드

아이들이 어디서 오는지 알게 되었어요
참 촘촘한 배열이지요

웃을 때마다 피어오르는 씨앗들이지요
붉은 철문 너머 여기저기 박혀 노는 아이들

나는 별명이 딸기였어요
딸기 씨 이것 좀 먹어봐
딸기 씨 여기 좀 봐봐
어리고 작은 나의 주근깨들

마취에서 깨어났을 때 나는 의사를 붙잡고 떠들었어요
어머, 술 취한 거 같아요

일찍 자기의 토대를 알아버린 아이들은 심지가 차요
아무리 불을 붙여도 일렁이지 않아요

단단하게 물렁한 볼 여기저기를 기습하는 뽀뽀
하지만 너무 떨리잖아 나를 다 빨아먹을 것처럼

한철 앞선 과일만 탐내던 나의 식욕은 곧 사그라들 것입니다

입안에서 사라지는 나의 씨앗들
비 내리는 스트로베리 필드입니다 나는 너무 젖어
그만 무릎을 잃어요

발목을 스치는 작은 꽃들은 언제 열매를 배게 될까요
아이들이 어디서 오는지 알게 되었어요

하지만 어디로 사라지는지는 아직 잘 모르겠어요

↳ Strawberry Field: 리버풀의 구세군 고아원. 2005년에 문을 닫음.

세븐 틴

모두가 잠든 대낮에 도둑이 들었다
이제 엄마의 패물은 누군가의 장물

쌀통에 쌀만 든 게 아니란 건
단지 엄마와 세상의 모든 도둑들만 아는 진실

흰 쌀알을 퍼 올리는 엄마의 몸에
기장과 서리태와 귀리 들이 걸렸다

몸에 지니고 있어 훔칠 수 없었던
오팔 목걸이만 어린 빛을 간직하고

엄마가 쌀을 씻을 때마다 나는 다리를 떨었다
뜸 들이기가 끝난 밥솥을 열 때면 멀리서도 나는

이마가 뜨거웠다

온갖 아름다운 빛을 숨기고 있던 곡식들이
식탁 위에서 뜨거운 숨을 쉴 때마다
반지르 윤기를 돌릴 때마다

오팔에선 매번 새로운 빛들이 쏟아졌지만

그건 그저 빛을 간직하는 엄마만의 방식

나의 장물들에게

나는 누구의 빛도 되고 싶지 않았다

밤의 어린이공원

당신,
밤이라고 말하겠지

낮에 두고 간 발목들이 가로로 눕고
잊고 간 목소리들이 모래알을 쓸어내려
당신,
낮이 남겨놓은 밤의 어리석음

순환선에 갇혀 있었어 역마다 당신은 서서 반갑게 손을 흔들
었지만 나는 내릴 수 없었어 순환할 때마다 당신은 늙어가고 비
정상적인 빛 아래서 내리지 못하는 나의

발등은 점점 달을 닮아가
썼다 지운 글자를 찾아 바닥이 얇아져
당신,
낮에 버리고 간 우리의 견해

잠들지 못한 아이들이 흰자처럼 공원을 서성대 나는 어둠을
기워 잠옷을 만들어 작은 강아지가 수놓아진 잠옷 묻어둔 뼈다
귀를 찾아 아이들은 눈이 밝아져 물고 빨았던 정강이가 환해져

당신,

그리고 나는
어디쯤에서 이 밤의 산책을 마쳐야 할지

많은 마음들이 성장을 멈춰 우리는
아무리 가꾸어도 비참해지지 않고

연하
—쓰지 않은 것들에게

너무 더운 여름이어서 나는 너에게 연하장을 보낸다

보스턴백 하나 정도면 충분한 생활을 들고 나는 공항 라운지
에 앉았다
아기를 낳으러 갈 때 든 방이었다 신생아용 기저귀와 산모용
기저귀
가죽 손잡이가 손톱자국으로 어지러운 가방이었다

어디로 가는지 몰라 생활은 아름다웠나 너의 아기와 나의 아
기는
손 싸개를 버둥거리며 좌표를 찍어주었지만
한여름이 새해인 나라를 위해 나는 날마다 마음을 끓었다 물
렸다
무른 젖을

길게 쓴 약을 젖꼭지에 바르고 누구든 핥아주기를 기다렸다
드러누운 문장을 일으켜 세우면 꼭 받침 없는 것들만 픽픽
쓰러져
홀로 쓰일 수 있는 모음을 나는 편애했다
외유나 요요 혹은 야외나 오이 같은 것들이 천장에서 반짝

신년엔 신년의 방식으로 연하를 연호했지

그때면 지금의 폭염은 잊고 혹한에 등이 굽어 있겠지
지금 하지 못한 말을 그때면 다 잊고 처음같이 인사하겠지

도착인지 출발인지 정도는 표정만으로 알아챌 수 있다고 생
각했다
나는 왜 너를 끝까지 예감하지 못했을까

짚 모자를 눌러쓰고 라운지를 나선다 안녕
다른 연과는 다른 연이 펼쳐질 거야 너에게 행운이 깃들기를

새 해에 가 닿기를

파수

일찍이 나는 물의 파수꾼

운동화를 적시며 여름이 오고 있었다
우리들의 여름은 지킬 게 많았다
지킬 게 많다는 건 어길 게 많다는 것
계절은 지겹도록 오래될 텐데
우리들의 여름은 처음처럼 위험했다
아직 채워지지 않은 풀장에 다이빙하고 싶어
수박을 던지면 젖살 같은 과육이 흩어졌다
어기면서 지킬 것들을 만들어가는
우리들은 매번 덜 익은 계절
물에서도 지워지지 않는 화장법을 배우며
눈물을 다듬었다

경계할수록 너는 더 빠르게 흘러갔다

약국

처방전이 필요한 약들의 목록 앞에서
나의 병은 다국적이다

평생 자라지 못하는 주술에 걸린 신발들
의자 밑으로 알약이 흩어져 있다

누가 너에게 처음 약을 팔았지

처방은 완고하고 가족력은 끈질기다
누가 보여준 일생의 음주 습관처럼 어떤 의지는 기력이 세고
기다리는 얼굴들은 하나같이 치유에 약하다

이국적인 병에 걸리면 비명도 번역투일까
아침 점심 저녁마다 달라져야 하는 나의 자세

오늘 밤은 잠을 잘 수 있겠지
유리 플라스크 속에서 관엽식물의 뿌리가 흔들린다

약을 기다리며
나는 천천히 약국에 든다

직전의 강변

*

들어갈 때와 나갈 때를 몰라 대화의 중간마다 나는 나를 불러 세워야 했다

그럴 때마다 오래 물속에 누워 있던 사람처럼 그림자에서 물이 떨어졌다

문밖에 외투를 걸어두었다

*

나의 전면은 늘 무언가의 직전

나의 직전은 늘 무언가의 전면인데

물에서 빛을 걸러내자

손바닥에서 칼이 자라났다

*

몸엔 구멍이 많고 힘을 주지 않으면 빠져나가고 마는 것들이 많고

그래서 몸은 잠기지 않던 방문처럼 벌컥 열리던 마음처럼

누가 다녀갔던 것일까 아랫배에 찍힌 발자국을 감식하는 시간

물 밖에서 외투는 바깥이 되어갔다

*

오래 나의 바깥에서 나를 기다리던 사람에게
더 오래 차가웠던 질문에게

*

나는 주먹 쥔 손을 내밀었다

릴리

운동화 속엔 발이 없지
그건 우리가 넘어지지 않는 비밀

옥상 난간을
모델처럼 걸어 다니지

4층 이상이어야 해
여름에 더 높아지는 비행운

다짐처럼 옅은
활을 쏘는 얼굴이야

릴리, 하고 날아가면
릴리, 하고 꽂히는

혀의 느낌이지
입천장을 긁게 되지

운동화 속에 발이 없다니
그건 우리가 자꾸만 떨어지는 비밀

객의하우스 ⌣

세면도구 같은 신선함
칫솔모에 낀 시금치 조각과
머리칼을 타고 내리던 어린 빗방울

나는 끝에서부터 둥글어졌다

섬에서의 점심은 저녁으로 향하는 식욕
생선구이를 젓가락으로 헤집었다
열어놓은 창문으로 비가 들이쳤다
빗줄기가 생선 살을 발랐다
외국인이 지나가며 인사했다

안녕, 안녕, 세상에서 가장 아름다운
여행자의 언어

여름의 섬 호수의 겨울
첫, 비행기, 기차역, 숙소, 인사

다시 찾은 적 없지만
다시 가기 위해 나는

숙소마다 여행 가방을 두고 오곤 했다

⌣ 제주 협재의 게스트하우스.

회현

우리는 얼음 배 위에 서 있었다

언 강은 아침부터 캄캄한 소리를 내며 갈라졌다
그 한 조각 위에서 우리는
손을 잡고 떠내려가고 있었다

당신에겐 나의 집이 없고
나에게는 당신의 집이 없고

상점들이 창가에 화분을 내어놓는 계절이 지나갔다
폭염이 몰려오고 있었는데
우리는 얼음 배 위에서 눈을 마주 잡았다

점심엔 살고 싶은 동네로 산책을 갔다
골목과 골목을 돌아 간유리로 벽을 만든 단독 주택 앞
황새는 여우의 입속에 부리를 넣어 혀를 빼 먹었다
혀 없는 약속을 나눴다

오늘 우리가 집이 없다면 귓속에서 만나자
외이도와 내이도를 거쳐 우리에 도달하자

상류로 흐르는 강은 없어서

내려갈수록 우리는 가까워지고 합쳐졌다
반씩 접혀가는 신문지 위에서 버티는 아이들처럼
아슬아슬하게 서로를 올라탔다

차츰 투명해지는 바닥

당신에겐 당신의 집이 있고
나에겐 나의 집이 있으니
오늘 우리의 집은 이렇게 가장자리부터 잊기로

하류를 위해 우리는
빠르게 없어지고 있었다

장미의 방식

포옹이 뿔어지는 계절이야

붉은 등 사이로 검은 밤이 끼어들지 밤은 또 밤이야 찬 술을
따르고 견과류를 정렬하지 어릴 때 외운 행성의 순서로 사라지
는 우주

밤은 또 흐려지지
어제보다 헐거워지는 포옹이지

기울어지는 방식이야 바깥을 향해 귀가 눕는 각도 허리에 양
손을 받치고 어제의 등과 점점 멀어지지 멀어질수록 등은 흐릿
해 매스게임처럼 바쁘게 느린 문양

차례에 민감하지
예감은 시들하지

밤은 또 방이야 방은 또 밤이야 앉은 자리에서 바로 누워 드
는 아침의 잠 당신은 대문을 열고 현관을 열고 방문을 열고 옷장
을 열고 언제나 고요한 곽

양팔을 가로지른 티셔츠의 의지처럼

혈관은 드문드문 이어지지
담장 밑은 장미의 방식으로 정렬되지

위태로워 자라날수록 샤프심은

발끝에 힘을 주고 걸어야 신발이 벗겨지지 않았다
얻어 온 것들에 대한 예의
리듬 합주부 아이들은 언제나 제각각이었다
마음대로 불고 두드리는 아름다움의 시간들
해진 속옷 말고 또 무엇을 물려받을까
아끼던 레코드판에 아이스크림 덩어리를 떨어뜨렸다
끝나지 않을 트랙이었다
운동장 스탠드는 달아올라 밤에도 식지 않았다
아무도 말 걸지 않던 낮과
아무나 말 걸었던 밤을 지나
태희 오빠, 알고 보니 모두 양아치였어
빨랫줄에 걸린 양말을 훔쳐가던 마당의 시간이었다
도망가는 좀도둑은 발이 너무 환해
저리로 갔어요
밤마다 발자국 소리가 찾아와 소리쳤다
네가 일렀지
우리 집 옥상에서 옆집 옥상으로 건너뛰는 놀이였다
콘크리트 벽을 긁어내리던 붉은 볼의 뜨거움이었다
신발은 왜 자라지 않는 걸까
뒤집힌 원피스 자락이 얼굴을 온통 덮어버리면
꿈은 굳어 떨어지지 않았다

銀

여름은 차고 깨끗했습니다 유리잔 안에서 얼음이 무너집니다 소리 죽인 티브이에서 빙산이 내려앉습니다 티스푼을 혀끝에 붙이는 묘기입니다 나는 말이 늘어납니다 녹음된 자기 목소리에 소름이 돋는 건 사춘기 아이들에게나 가능한 일입니다 나의 말은 이제 은빛입니다

유리잔은 땀을 흘리고

작은 물방울들이 움직여
더 큰 물방울로 자라납니다

얼음의 그늘은 길어지고
더 큰 얼룩으로 사라집니다

입김이 새어 나오는 여름입니다 나는 뜨겁게 오래입니다
무엇이 검습니까 그것은 나의 은식기가 공기에 반응하는 속도입니다

한여름의 아이스링크

잡지 않아도 돼
이제 부러지지 않을게

발밑은
석고 붕대처럼 대단해

나는 말이 없지
균형 없는 발걸음이지

원래부터 충고는 없었어
헬멧도 장갑도 없이

트랙을 도는 우리들

자라면서 깨지는
흉터도 있겠지

손목을 찍고 지나가는
반짝반짝의 날들

2부

수문

버스는 국도를 이어 나갔다 미끄러운 밤이었다

갇힌 물을 향해 달려가는 오늘 밤은 모두 어디서든 왔다
댐에 가까워질수록 버스가 흔들렸다
흔들릴수록 나는 잠이 쏟아졌다

물이 쌓이는 소리를 들은 적 있다 문을 둘러싼 아주 체계적
인 소리

와이퍼가 물을 밀어내고 있었다 나는 눈을 뜨려 애썼다
버스가 기우는 중이었다

묶였던 머리가 풀리고
오늘 밤은 모두 어디로든 갈 것이었다

층층나무 아래

입술과 입술이 닿자 물이 멈췄다

오래 고여 있던 여름이었다 우리는 인사를 위해
층층나무 아래 누웠다 엽선 사이로 환한 햇살
발끝이 저려왔다 못생긴 음악처럼 아이들은 시끄럽고 지루
했다
플라스틱 와인 잔을 들며 너는 붉어졌다
드디어 여름이 가고 있어
가로로
혹은
세로로
층층이 그어놓은 칼자국, 여름은 또 오겠지
층층나무는 시간의 순서를 통째로 외워 이파리를 내밀었다
알아, 드디어 여름이 가고 있어
가로로
혹은
세로로
저무는 층층계였다

입술과 입술이 멀어지자 시간이 흐르기 시작했다

연기의 기술

사람들에겐 경희궁이었고 우리에겐 현대공원이었다 모임이 끝나면 잔디밭에 둘러앉아 끊긴 다리와 무너진 백화점을 이야기했다 터만 남은 고등학교 자리에서 모래바람이 불어왔다 학교도 사라지는구나, 통학버스가 통째로 강에 빠진 사건은 두고 두고 서늘한 괴담을 만들어냈다 어제 조각 피자를 사 먹었던 건물이 오늘 없어져 연기를 피워 올렸다 없는 건 원래 없는 것 지나가는 것은 그냥 지나가는 것 결코 다시 볼 수 없는 속도로 사라지는 것들을 우리는 이해하지 못했다 비를 맞지 않고 사라지는 방법은 연기나 아는 것

아주 오랜 후 현대공원 앞을 지나면서 나는 공원 안으로 들어가지 못했다 사라진 것들이 어디에 모여 사는지 그런 건 연기만 아는 연기의 기술

정말 있었다면, 우리가 거기에

혀

오직 그 아이만
아무도 모르는 곡을 연주했다
짧은 머리 짧은 치마
세일러복 가슴 한가운데서 알토 리코더가 달랑거렸다
누구도 손대지 않은 신문 냄새 맡아봤어?
방역차를 따라 뛰면 몸속의 생명들도 죽을 줄 알았어
숨을 헐떡이면 혀가 무릎까지 내려오는 거야
그때 몰아쉬는 숨이 내는 소리가 내 연주야
혓바닥을 빠르게 튕기는 손끝
한 번도 시도해 보지 못한 운지법을 바라보며
우리는 갑자기 입안이 더워졌다
혓바닥이 오십 센티가 넘는 기린처럼
잎사귀를 핥는 네 아름다운 악기의 껄끄러움
교복 치마 아래 흔들리며 가는, 가는 다리

지지 않는 밤

풍등을 띄웠어. 해변을 향해 줄지어 날아가는 달. 숯불 위에 선 열빙어가 타들어갔어. 해는 오래전에 졌는데 우리는 다시 지기 위해 얼굴이 붉어졌어. 너는 무슨 소원을 적었니. 저렇게 멀리로 날아가 결국에는 사라지고 마는 것이 소원일 텐데. 열빙어 몸을 뒤적이며 우리는 웃음이 까매졌어. 알알이 들어찬 알주머니가 갈라졌어. 오늘 우리는 몇만 마리의 물고기를 먹는 걸까. 지기 위해 우리들의 여름은 뜨거울 것인데 내일 아침 해는 또 누가 띄운 풍등일까. 극지의 밤처럼 지지 않는 밤도 있다고 작은 알은 입안에서 계속 자라. 차라리 후회를 적어 띄울걸. 풍등을 따라 어린 열빙어 떼가 바다로 날아가고 있었어.

살아, 지고 말 거면서.

미리

곤지암 근처에 폐쇄된 정신병동이 있다고 했다 흐린 날이었
고 너는 결석 사유를 보내왔다 미리가 미리 보낸 메시지 요즘
엔 귀신도 앞머리를 눈썹에 맞춰 자른다지 머리부터 발목까지
만 있는 미리들이 복도를 돌아다니다 나와 눈이 마주쳤다 예의
바른 귀신들 나는 일일이 인사를 받아주었다 밥은 먹었니, 귀신
이 밥은요, 그렇구나 미리가 미리 다 해본 일들을 끌어안고 나는
미리들을 따라다녔다 미리들이 따라다녔다 검은 복도가 갑자기
환해지는 건 미리 덕이다 화장실은 내가 들어가는지 어떻게 알
고 불을 켜는지 거꾸로 선 마대 자루에서 붉은 물이 흐르고 도대
체 넌 무엇을 닦고 다니는 거니, 선생님 그림자요, 그렇구나 나
는 어느새 주저앉아 내가 흘린 오물을 닦고 있는 것이었다 미안
해 출석부엔 붉은 펜을 사용하는 게 아닌데 알고 짓는 죄들이 있
어 나는 오래 살 터이니 텅 빈 교실 문을 닫을 때마다 마음이 쿵
쿵거렸다 언제나 다시는 안 올 것처럼 하교하는 아이들과 집에
까지 따라오는 미리들 우리는 물속에서 나누던 대화처럼 입 모
양에 집중했다 말방울이 터질 때마다 시간은 정전 폐쇄된 정신
병동에서 무얼 가져왔니, 아이라인이요, 저는 갈수록 눈이 또렷
해져요, 그래서 눈이 많구나 여기서 저기서 미리 나를 맞이하는
구나 점점 나는 복도에서 머무는 시간이 많아졌다 5층 창은 아
무 거리낌이 없어 막을 수 없어 보였지만 어떤 날은 내가 아이들
을 막았고 어떤 날은 아이들이 나를 막았다 그건 언제나 미리여
야만 했다

빗방울이 쪼개지던

초등학교 1학년 봄 소풍은 어린이대공원이었다 고3 가을 소풍도 어린이대공원이었다 그사이 서라벌고 사진반 애들과 미팅을 한 곳도 어린이대공원이었고 소풍 때 따라온 남자애와 다시 만나기로 했던 곳도 어린이대공원이었다 아, 우리에 갇힌 게 산양인지 우리인지 헷갈리게 해준 곳도 어린이대공원이었다 공원을 나온 아이들이 주로 화양리나 대학가로 2차를 간다는 것을 알려준 곳도 어린이대공원이었고 늦은 밤 담을 넘어온 어린양들이 노숙하던 곳도 어린이대공원이었다 물티슈로 화장을 지우던 곳도 날을 세운 칼잠에 빗방울이 쪼개지던 곳도 어린이대공원이었다 초등학교 1학년 봄 소풍은 어린이대공원이었고 고3 가을 소풍도 어린이대공원이었다 그건 동구릉이거나 홍유릉 혹은 애기능, 가장 좋은 계절에 무덤으로 소풍을 가는 것보다는 훨씬 나은 일이었다

불국

기차 모양으로 버스는 이어지고 우르르 우리는 불국에 쏟아지겠지. 무림 고수들이 사는 곳처럼 지붕을 얹은 유스호스텔. 우리는 공부도 못하고 놀지도 못하는 병신이 되기 싫어. 춤을 추고 노래를 부르겠지. 남장을 하고 파이프를 입에 물겠지. 공부 잘하는 애는 얼굴도 예뻐. 성격도 좋아. 집적거리는 선생도 많아. 캠프파이어가 끝나도 불씨는 남아 뜨겁게 뒤척이겠지. 등을 모두 꺼버려 우리는 잘 수가 없겠지. 제발 저 호루라기 좀 빼앗아줘. 수학여행까지 따라온 이모가 창밖에서 손을 흔들겠지. 불국인데, 불국의 밤인데. 묻겠습니까. 묻어두겠습니다. 자비로운 부처님 코스프레. 아주 오래 뒤에 발견될 화인이겠지. 우리는 잘 모르는 곳이 아프겠지. 아파, 아침마다 우연히 발굴된 유물처럼 놀라 눈을 뜨겠지. 우리가 묻혔던 곳을 한참 바라보겠지.

윈터 스쿨

겨울밤. 할머니 방 화로에 둘러앉아 사촌들은 은밀해졌다. 주머니 속 하나 남은 동전을 화로에 넣는 놀이. 달아오른 할아버지 얼굴을 비닐 장판에 찍는 놀이. 겨울밤은 복리로 늘어나는데 어둠은 어디서 옅어지나. 사채업자의 계산 방식으로 늘어나는 동전들. 우리는 먹고 싶지 않은 것을 말하고 돌아갈 수 없는 집을 생각했다. 이보다 완벽한 방법은 없을 거야. 부자의 자서전을 읽는 겨울의 밤. 불 속에 손가락을 담그면 지문이 더 또렷해질까. 상처를 남기는 방법은 언제나 너무나 쉽게 습득되지. 달궈진 엄지손가락을 서로의 몸에 찍을 때마다 돌아누워 잠든 할머니의 숨소리가 커졌다. 잠자는 소리가 소란스러워질수록 먼 곳이 가까워졌다는 것이다. 달아오른 볼을 베개에 묻으면 옆모습의 형상으로 찍히는 찬 계절의 음각들. 할아버지가 있었고 할머니가 있었고 사촌들이 있었다. 어디에도 부자의 윤리 같은 건 없었다. 우리라는 이름에서 돌림자를 도려냈다. 아침이 부채처럼 펼쳐졌다.

어떤 접신

그 집엔 신기한 접시가 많았다
네 발 달린 접시가 있었고 칸이 나뉜 접시와
나뭇잎 모양의 접시가 있었다

그 위에 석류가 찢겨 있었고
건어물이 뭉텅이로 쌓여 있었고
언제나 반듯하고 싶은 치즈

그 접시 위에 있는 것들을 하나씩 먹어치우며
사람들은 드러나는 아래에 대해 말했다
물고기 모양의 접시에서 잘 고인 바닥이 출렁였다

나는 갑자기 접시라는 말이 궁금해졌다
담겼다 사라지는 속도가 시간과 접했다는 것일까
오래된 접시는 스스로 깨지기도 한다는데
그건 접시가 처음 접시인 순간일까

그 접촉과 접촉이 접시를 드러냈다
식탁 위엔 빈 접시들이 늘어져 있었다

무엇을 담았던 시였는지 어떤 접신
국물이 흥건한 표정을 짓기도 했다

포개 쌓아놓으니 결함 많은 건축물 같았다

사람들은 기우뚱거리며 접시를 나르기 시작했다

모래내 9길

너는 문제가 어렵다고 했다
나는 네가 더 어렵다고 했다

바람과 함께 사라지다
독서신문에 찍힌 학교의 주소를 본다
모래내 9길 내가 지금 앉아 있는 곳
모래내 그 길

얼마나 많은 아이들이 내 곁을
혹은 내 앞을 지나갔을까
길 위에서 흩어져버린 모래알들
창밖으로 경의선 열차가 지나갔다
백 년 전에도 서 있던 축구 골대처럼
나는 이끼 빛으로 녹슬어
내 기억은 어느 밤 저 열차를 탔던가

죽음을 예감해도 즐겁지 않은 저녁이 있다
나는 막 출발하려는 기차처럼 기침을 시작했다

너보다 더 어려운 무엇은 없었다

바람의 입속에서 흔들리는

연둣빛 혀의 말
작고 가볍고 차고 부드러운

어제 담아놓은 말
일렁이는 말

물이 지나간 자리에 다시 물이 밀려왔다
가지런히 놓인 혀들이 반짝였다

흔들리며 반짝이며 흘러가는
우리라는 키스

가벼운 외투 속에서 어깨가 솟아오르고

이제 막 처음의 연인처럼
시작의 혀를 닿아 내리는

바람의 입속
빛으로 켜는 물

호밀밭

바람이 달려들었다
벼랑이라고 말하면 아이들은 벼락같이 웃었다

아래윗집 문 닫는 소리에도 놀라 잠에서 깼다 어둠 속에서
속보를 검색하고 아무 일도 없는 게 믿어지지 않아 잠을 잇지 못
했다 갈기갈기 가위에 잘린 교복을 입고 아이는 첫눈처럼 펄럭
였다 겨울의 시작이었다 나는 반팔 옷을 입고 출근했다 그 와중
에도 선생들은 화장이 두껍다고 지적했다 화장이라도 걸쳐 다
행이었다

기숙사 옥상으로 통하는 철문은 늘 잠겨 있었지만
내 마음은 쉽게 열려 난간을 서성이는 발자국들을 허락했다
가볍게
너무 가볍게
아이들이 버리고 간 어린아이들이 옥상을 뛰어다녔다

벼랑이라고 말하면 이 사이로 이끼가 자라났다
자랄수록 바닥을 덮는 것들이었다

비눗방울

나는 지금 막 독립한 바람

나의 방엔 모서리가 없다

투명한 벽지를 따라

바람이 바람을 실어 나르는 바깥의 시간

디딜 수 없는 아름다움을 건너

어느 눈동자에서 나는 가장 아프게 터질 것인가

3부

정향

새로 이사한 집에는 못이 박히지 않았다
걸어둘 수 없는 밤이 새벽까지 흘러내렸다

나의 여름

올해 첫 맨발

푸른 핏줄과 작은 발톱들
먼 심장으로부터 흘러 내려온 것들

가로수의 잎은 날마다 두꺼워진다

여름엔 추운 나라의 음악을 들어야 한다
발등에 올려놓은 얼음은 참 여러 갈래로 길을 만든다

입과 입이 포개지면서 만들어지는 그늘을 어떻게 이해해야
할까
　나의 여름은 차갑게 갈라지는 너의 뒷면
　비밀을 전해 들은 나무가 어떻게 시들어가는지

떨어진 머리카락을 쓸어 모으면 이미 지나간 사람을 보는 것
같아
　뭉치고 뭉쳐
　문지방에 가만히 올려두는 일

먼 심장으로부터
나의 맨발은 발끝을 오므린다

한여름의 수목 아래 낙엽이 쌓여간다

처음의 비

한 줄 두 줄
당신은 젖어가는 사람

자유로운 오독을 선물해준
척박한 번역서를 대하듯

당신을 읽으면

나는 수긍을 잘하는 사람
당신은 설득을 잘하는 사람

이 싸움 없는 세계에서
한 줄 두 줄 뺨을 치는 빗줄기

혼자 깨어 크게 울던 밤이든
맨발로 찬비를 밀어내던 아침이든

당신이라는 글자에 압지를 덮으면
새겨지는

처음의 凶

물의 숲

어린 물고기 떼가 햇빛을 어지럽힙니다
잡고 보면 잎맥이 선합니다

엽선과 엽선이 만나는 자리마다 일그러지는 윤곽입니다
가장 얇은 깊이에 도달합니다

나이테와 이석에 새겨지는 것이 순간이라면
나의 이력은 어디에서 지금입니까

물을 넘기면 손가락 사이로 바람의 등이 빠져나갑니다
걸어도 걸어도 바깥인 길을 향해 물은 몸을 엽니다

먼저 물이 오르는 칼입니다
아름답게 저민 아침이 지나갑니다

옥색의 발을 걷을 수 없어
가늘고 긴 손가락은 물렁해집니다

기댈 수 없는 숲에서 물은 더 꼿꼿해집니다

석양의 식탁

해는 꼭
주방 창문에 와서
떨어진다

그때는
내가 칼질에 몰두할 때다

토마토를 얇게 저미고
당근을 채 치고
김치전을 마름모꼴로
썰어낼 때다

그때마다 해는 꼭
내 칼질에 걸려들 뿐이다

나의 칼질에는
명분이 있어
똑 똑 소리 나지만

눈동자를 향하는
칼끝은 막을 수 없어
나는 촛대에 해를 꽂는다

어떤 나라에선
초경을 축하하기 위해
팥밥을 지어 먹는다지

흰 냅킨을 펼치며
나는 칼처럼 반듯해진다

그날의 나이프

깨진 컵에 물을 따르기로 한다
차가운 측면에 혀를 대기로 한다

주방에선 반드시 실내화를 신기로 한다
우리의 발등을 찍는 것들로부터 최대한 멀어지기로 한다

그날의 나이프에 대해선 침묵하기로 한다
허공은 새도 가르고 나비도 가른다
반짝이는 날렵한 아름다운 깃털이었다

식탁의 기울기를 맞추는 네 어깨의 단면
저울처럼 오르고 내리는 숨소리에 안심하기로 한다

양면으로 채워지는 유리의 수고를 기억하기로 한다

인디언 텐트

모서리만 모아 집을 짓습니다
뾰족한 그늘에서 당신의 잠은 불편합니다

봄의 피크닉
나뭇잎은 이제 막 피어나
햇빛은 단단하게 두꺼워집니다

꽃을 보고 나무의 이름을 압니다
열매를 보고 씨앗의 방향을 깨닫습니다
당신은 나의 무엇으로 나를 짐작합니까

끝을 향할수록 좁아지는 우리의 지붕
나의 머리카락은 한쪽으로만 묶입니다

세계의 지붕은 서로 닮았습니다
우리는 언제나 모서리로 만납니다

모서리와 모서리가 어긋나
붉은 리본이 팔랑거립니다

저것은 무슨 꽃입니까
당신에게 나는 묻습니다

검침원은 목요일에 왔다

목매달아 본 적 있는 사람은 여름에도 스카프를 두르지 그건 어떤 느낌일까 그건 계속 목매달고 있는 느낌

검침원은 목요일에 왔다 여자의 목은 기린처럼 길고 빗어 내린 눈썹이 온통 시야를 훼방 놓아 어떤 기운도 감지하지 못했다 의사는 여자의 목에 검지와 중지를 대고 검침원은 가스관에 비눗물을 발랐다

부푼 몸의 무게를 감당할 수 있는 건 가스관뿐
여자는 몇 달 치의 눈금을 완성해 보여주었을 뿐

눈금과 눈금 사이를 들여다보면 단정하고 거친 숨이 보였다 모월 모일 모시에 방문 예정이라는 다정한 메모를 보고 여자는 잠시라도 마음이 따뜻했을까 계획을 완성했을까

밖으로 새겨지는 나이테 여자는 여전히 기린처럼 목이 길고 스웨터는 턱을 감쌌다 목요일은 어디서 새고 있던 것일까

한여름에도 터틀넥을 입는 사람은 알지 감추고 싶은 건 흉터가 아니라 목이라는 걸 리코더의 모든 구멍을 막아야 들리는 누수와 누전과 누기의 중저음

검침원은 목요일에 왔다 고요의 바닥에선 숨결이 열리고 있었다

물의 결정

물은 이제 단단하기로 합니다

베트남에 가면 사람이 올라설 수 있는 연잎이 있다고 합니다
물과 닿은 커다란 면적의 연잎 위에 놓인 둥그런 플라스틱 판,
줄지어 사람들은 연잎 위에 올라 기도를 한다고 합니다 기도가
뭉툭할수록 물과 연잎은 고요합니다 그것은 물의 의지

온순하고 슬픈 문장의 바닥을 받쳐주는 건
물의 결정입니다

어떤 음악은 물의 결정을 완벽한 육각의 모습으로 만든다고
합니다 어떤 모서리는 부드럽게 꼿꼿합니다 연꽃은 오므린 손
바닥을 닮아 포갠 기도 속마다 혀가 익어갑니다

결정 뒤에 남는 목소리입니다
연못은 가늘고 길게 말라가는 유적들로 빼곡할 것입니다

빛과 소리

아이들이 일제히 노트북을 두드리며 시를 쓸 땐 비가 오는가 싶기도 했다 각자의 리듬과 각자의 한숨과 각자의 엔터키 그 소리가 좋아 나는 직업을 멈출 수 없었다 검은 에이프런을 두른 백발의 주인과 몇 점의 그림 아무도 들어오지 않길 바라는 고요, 카페의 주인이 사진작가라고 했는데 난 한 번도 그가 카메라 든 모습을 본 적이 없다 딱 한 번, 그가 습판 사진에 대해 오래 얘기한 적이 있다 강의실에 앉은 학생처럼 난 얌전히 빛을 잡는 습한 역사에 귀를 기울였었다 소리라고는 세 번은 반복되고 있는 옛 노래 트랙과 누구든 들어오길 바라는 고요뿐, 그리고 창밖엔 눈이 쌓이고 있었다 올해 들어 가장 큰 눈이 찰칵찰칵

오래 마음에 쌓인 소리가 있어 나는 밑줄을 옮기기 시작했다
종이도 글씨도 온통 눈의 빛이었다

론드리 카페

당신의 문장은 아름다웠지만 한 번도 나를 향한 적 없다

어깨 포갰던 밤들을 집어넣고
나뭇잎과 나뭇잎의 거리와 대륙과 대륙의 사이를 구겨 넣고

밤 같은 커피가 식어가고
한 번도 나를 향한 적이 없어서 당신의 문장은 청결했다

리넨 셔츠의 목 때를 생각하면
배꼽이나 귓구멍이나 정수리 같은
결코 자기 코를 대고 맡아볼 수 없는 곳들의 냄새

세탁 가방을 들고 들어오는 사람들의 어깨는 한곳으로만 기울어
나의 문장은 날마다 표백됐지만 한 번도 당신을 향하지 않은 적 없다고

커다란 세탁조 가득
투명한 물이 물을 빨고
향하지 않는 것들 사이로 가루 세제가 풀어지고

딱딱한 손거울 속에서 우리가 돌아가는 소리

장편 소설 한 권을 읽는 사이였다
빨래를 세 통이나 돌렸지만 나는 아무것도 널지 못했다

그럴 때마다 철제 옷걸이의 어깨가 조금씩
내려앉고 있었다

<u>요요</u>

저녁에 귀를 씻다

없애버리고 말았습니다 세면대에 양 귀가 나란했습니다

바람을 넣고 물을 붓는 검사로 나의 귀는 지쳐 있었습니다

구름 위를 걷고 있는 느낌은 결코 낭만이 아닙니다

나의 토대는 부드럽게 무너졌습니다

시작은

내가 뱉은 말들이 나를 벗어나지 못하는 것이었습니다

나의 귀는 나의 말들만으로 빙글거렸습니다

이제 막 귀가 자라기 시작한 태아는 어떤 소리에 처음 몸을 기댈까요

이어폰 속에서 나는 나의 숨소리와 만날 뿐입니다

때때로 외이도를 거치지 않은 방문들

나의 외부는 이명만으로도 충분했으니

꿈속에서 눈 내리는 소리를 들었습니다

나의 양쪽 귀가 자박자박 발자국을 찍으며 멀어지는 소리였습니다

붉게 차가워지는 소리였습니다

이불을 뒤집어쓰고 나는 더 크게 웅크렸습니다

지난 밤

가장 밝은 곳에서 가장 어두운 밤을 발견하라고 선생은 말
했다

냉장고에 넣어둔 밤에 벌레가 생겼다
검은 비닐봉지 안은 잔별 같은 가루들로 가득했다
부드럽고 말랑한 몸 어디에 칼을 지니고 있던 것일까

가장 차가운 곳에서 가장 따뜻한 몸이 꿈틀대고

그날의 교외선에서 남자는 밤 깎는 칼을 팔고 있었다
아무도 단단한 것을 벗겨내는 더 딱딱한 물건에 관심을 가지
지 않았지만
남자는 밤 같은 손등에 칼을 문질렀다 점점 밤이 환해지고
있었다

종일 밤을 주우러 다닌 엄마의 배낭은 어떤 밤으로 넘쳤을까
택배 상자는 하루라도 산을 헤매고 다니지 않으면 숨쉬기 힘
들다는
엄마의 밤으로 고스란했다
아마도 가장 어두운 밤을 발견한 것 같다고 나는 선생에게
말했다
그 방이 머지않아 떠날 것 같다고도 했다

선생은 자꾸 살이 오르는 나의 밤을 경계하라 했다

일시적인 재배열

1.

교차로를 건너고 교회당을 지나면
언덕의 끝에 자연사박물관이 있다

걷기엔 멀지만 빨리 갈 수 있는 방법은 아주 많다
특정한 시도는 빠르다는 의미를 잊는다

어떤 시인은 스스로 음식을 끊고
가장 사랑하는 안락의자에 앉아 죽음을 기다렸다고 한다

2.

주말이면 천변을 따라 걸었다
물오리 앉은 곁으로 물결이 번지고 사람들이 지나가고

나는 일주일의 식사와 늦어지고 있는 소식과
옛날 사람들의 안부를 생각했다

그것은 카페 빌리를 향해 가는 길
한 주간의 노동과 또 어떻게 살아야 하나 하는 것들을
흘러가는 물에 놓치는 것

바깥으로 틀어놓은 마음이 귀를 위태롭게 할 때마다

회유성 물고기들의 이마는 더 단단하게 빛나고

그것은 빌뙐에 앉아 있는 일
원형 테이블의 테두리를 천천히 문지르는 일

커피와 레몬 티와 빌紙로 떨어지는
어느 오후를 나는

오래 빌리는 것이었다

3.
그것은 천변을 거슬러 자연사박물관이 있는 산자락에 닿는 일
허브 동산을 둘러보고 돌 모양의 스피커에서 나오는 음악을
감상하는 일
사과를 돌려 깎는 등산객의 손동작을 구경하는 일

죽은 사람의 이름이 모두 적힌 책이 있다면 저 숲과 같을까
온갖 나무와 풀과 돌을 거쳐 내가 무엇에 도달하는 일

살아 있는 세상과 무관한 생애의 입구다
노란색 승합차 속에서 뛰어나온 아이들이 박물관 앞에서 줄
을 서고

나는 몇 개의 벤치를 빌려본다
가장 안락한 벤치에 누워 양손을 포개본다

4.
어떤 시간은 오래 살아
이젠 죽은 시간 속으로 쉽게 끼어들었다

🌙 나쓰메 소세키, 『산시로』

묘비들은 이마를 높이 들고

여름엔 해가 길어 퇴근길에도 환했다 일산부터 합정까지 버스 창에 머리를 기대면 한강을 따라 물의 조각이 빛났다 겨울엔 빛의 조각을 따라 내 얼굴이 떠다녔는데 여름엔 그 얼굴이 보이지 않아 좋았다 유람선을 탄 것처럼 버스의 아래가 찰랑이고 지는 해가 물속을 향해 차선을 바꿨다 붉고 따뜻한 나의 아래

버스가 합정에 들어서면 가장 먼저 외국인묘지가 마중 나왔다 작은 언덕에 박힌 묘비들은 이마를 높이 들고 석양을 빛냈다 가지런히 손등을 포개고 서 있는 미어캣들과 안녕, 안녕 저렇게 다소곳한 죽음의 인사라니 귀가를 알리는 표지석을 지날 때마다 나의 집은 언제나 멀어졌고 또 언제나 가까워졌다

그리고 그중 맑고 높은 나의 이마
수문으로 몰려드는 물 떼처럼 나는 막 어떤 생각의 앞이었다

너싱홈

네가 태어난 곳이다
이곳에서 넌 실 같은 울음을 걸치고 시간을 시작한다

모험을 떠나 모함을 사기도 했던
옛날은 원래 없었던 것 지금을 맞는다

지금은 시간이 혼란한 황홀을 거쳐 온몸에 욕창으로 돋는다

모두가 새 거다
적어도 네 기억 속에서 이제 넌 처음이다

붕대를 감으면 인견을 훑던 여름의 저녁이
알코올 솜에서 퍼지던 화사한 무릎의 냄새가

새것인 어둠으로 너를 벗겨준다
새것인 빛으로 너를 덮어준다

다시도 괜찮다 다시를 모르니
어린 세계를 채우던 방언들이 돌아와 제 몫을 요구하는 밤과 낮

이쪽에서 저쪽으로 오래에 걸쳐 방향을 바꿔 눕는
시간이다

이제야 내 부인

시간이다

인터뷰

결별들

김영미×서윤후

서윤후

첫 시집이 가지는 인상에 대해 생각해보았습니다. 아직 무언가에 길들여져 있지 않은 가능성의 얼굴이라고 믿고 싶어요. 이 시들이 한 권의 시집으로 구성되기까지 일련의 많은 과정이 있었겠지요. 제가 이 한 권의 시집을 빠져나오면서 가장 먼저 느낀 것은, 이 세계가 '결별의 사슬'이 끊이질 않는 굴레 속에 있다는 것이었어요. 그러면서 자연스레 이성복 시인의 말이 떠올랐습니다. "이별도 죽음도 없는 이 자리를 지탱해주는 믿음은 그 자체 아무런 동력動力이 없"다라는 문장으로, 이 세계를 떠나오며 환송해보았습니다. 무엇이 여기까지 오게 만들었는지, 그 막연한 질문부터 던져보고 싶어요.

김영미

근 몇 년을 같은 방식으로 잠에서 깨어나요. 꿈에서 매번 뭔가를 놓쳤다는 안타까움에 울거나 소리치다가 번쩍 눈을 뜨는 방식인데요, 덕분에 매일을 '나는 도대체 무엇을 놓친 것이냐'로 시작해요. 모니카 마론은 어떤 소설에서 "인생에서 놓쳐서 아쉬운 것은 사랑밖에 없다"라고 썼던데, 제겐 대체 그게 무엇이기에 매일의 아침을 데려오는지 모르겠습니다. 놓쳐버린 무엇인지 모를 그것이 저를 여기까지 오게 만들지 않았나 싶어요. 여전히 잘 모르겠어서 유효한 이런 질문들 덕분에 앞으로도 계속 나갈 것 같고요. 이별도, 죽음도, 믿음이라는 것도 아직 잘 몰라서 아프고, 아파서 여전히 붙잡고 있는 것 같아요, 시를.

서윤후

시를 붙들고 있는 상태로, 여전히 모름지기의 상태를 벗어날 수 없다는 것이 시의 묘미인 것 같아요. 수록된 작품들을 통해 저는 '결별의 기억력'이라는 말을 만들어보았어요. 결별이란 상태가 비단 사람과의 관계만을 상정하는 것은 아니겠지요. 결별은 죽음을 연습하는 일처럼 살면서 종종 엄습하기도 하는데, 그것 또한 살아 있는 자만이 가질 수 있는 '기억력' 속에서 오랫동안 작동한다는 점을 빌미로, 이번 시집의 맥락을 살폈어요. 없음에서 있음으로 주파했다가 다시, 없음으로 향해 가는 여정이 그려져 있지 않나 싶어요. 붙잡거나 놓아주기를 영영 끝낼 수 없는 이 여정 속에 놓여 있는 시들을, 징검돌을 지나듯 건너오면서 궁금해졌어요. '있음'과 '없음'의 관계 속에 시인은 어떻게 서 있는지.

김영미

　있음보다 없음에, 없다가 생기는 것보다 있다가 없어지는 것
들에 더 오래 주목하는 것 같아요. 있음이 주는 확신보다 없음이
주는 불안이나 기대 같은 것에 더 마음이 작동하는 것 같고요.
출현보다 사라지는 것들이 주는 선명하고 아픈 이미지들이 시
의 동력이 되는 것을 보면 전 아직 덜 소진된 인간인가 봅니다.
덜 상처 받았거나.

서윤후

　상처가 충분하다고 느끼는 상태는 어쩐지 정말 슬픈 일인 것
같아요. 시를 살펴보면 상호 간의 합의에서 이루어진 이별이라
기보단, 시인 스스로 끝낸 것들 혹은 스스로 떠나온 것들의 총
합 속에서 시인만이 찾은 결별의 수식이 있다고 믿게 되었어요.
그것이 이 세계를 살아가는 시인 혹은 시집의 방식이라고 여겼
는데요. 끝내 길들여지기 어려운 그 잔혹한 수식이 만들어내는
장면 속에는 '사라짐'이 유일하게 자연스러워 보여요. 시를 통해
'사라짐'을 어떻게 다루고자 하셨을까요?

김영미

사라짐에 대한 질문을 받으니 생각나는 시가 있네요. "내가 시간에 대해 말할 때, 그것은 아직 없으며/한 장소에 대해 말할 때, 그것은 사라져 버렸고/한 인간에 대해 말할 때, 그는 이미 사망했으며/시절에 대해 말할 때, 그것은 이미 더 이상 존재하지 않는다(레몽 크노, 「은유들의 설명」 부분)." 이별이 사랑을 일깨우듯 사라짐이 존재를 증명하겠지요. 계속 무언가를 확인하고 싶어 사라짐의 방식을 택했던 것 같습니다. 사라지는 순간 드러나는 무언가의 맨얼굴을 시로 잡아보려는 욕심이었겠지요. 말하는 순간 그것 또한 다 사라지고 마는 것일 텐데 말입니다. 실은 사라진 뒤에도 존재하지 않는 방식으로 남아 쨍쨍하게 빛나는 것들을 찾고 있었는지 모르겠습니다. 의도했는지도 모르겠지만, 쓰고 나니 서윤후 시인이 이야기한 것처럼 잔혹한 방식이 되었네요.

서윤후

사라짐은 아득함을 데려오는 것 같아요. 그 아득함은 해독될 수 없음으로 존재하는 시간이겠죠. 자연스레 '죽음'에 대한 생각으로 연결되기도 해요. 이 세상에 죽음에 대한 완벽한 이해가 존재할 수 있을까 싶어요. 시에 등장하는 "외인 묘지"나 "동구릉 혹은 홍유릉"도 결국 죽음을 완성하는 형식의 장소들이지만, 어디까지나 산 사람의 결별 방식일 뿐이란 생각을 지울 수 없어요. 화자는 그 주변을 오래 서성이고요. 살아 있는 동안 죽음은 미제未濟로 남아 남겨진 자들의 숙제가 되는 것 같아요. 그것에 대해 시를 쓰는 마음은 어떤 것일까요?

김영미

삶이 죽음을 향해 가는 시간의 연속이라면 매번 나는 그 죽음을 향해 죽어가고 있는 것이겠구나, 그렇다면 죽음이란 이 죽어가는 시간이 끝나는 지점이겠구나, 죽어가는 것의 끝이 죽음이겠구나, 하는 생각이 얼마 전에 문득 들었어요. 말이 되는지는 모르겠지만, 죽음으로 삶이 끝난다고 생각했을 때는 우울했는데 죽음으로 죽음이 끝난다고 생각하니 조금 덜 우울하더군요. 어쩔 수 없어서, 궤변과 농담의 리스트를 작성해가는 마음이 이런 마음 아닐까요, 그것에 대해 시를 쓰는 마음이란.

서윤후

궤변과 농담의 리스트가 있다면 읽는 이에게도 무척 흥미로울 것 같아요. 농담과 궤변을 포함하는 의미로서 김영미 시인이 간직하는 유머란 어떤 것일까요?

김영미

생활에서든 시에서든 꼭 필요한 것이 유머인 것 같아요. 진지하고 무거울수록, 어려울수록 그것을 견디게 해주는 잠깐의 환기가 필요하잖아요. 그런 환풍기 역할을 유머가 해주는 것 같아요. 가장 건강한 견딤의 방식. 유머가 없다면 지속되는 이 반복과 허무를 어떻게 견딜까요. 전 비루한 삶을 도닥여주는 선량한 유머보다 검은 유머를 즐기는 편인데, 웃기는 일에도 뭔가 잔혹하고 본질적인 것이 포함되어야 한다는 이상한 자의식 때문인 것 같습니다. 그래서 저는 안 웃기다는 소릴 들어요. 자주.

서윤후

그 유머들이 시에서도 발현되기를 기대해볼게요.(웃음) 시에서 상실감이 드리우는 계절로 여름이 자주 등장해요. 여러 시편에서 여름이 각기 다른 표정을 하고 나타나죠. 그게 하나의 얼굴에서 빚어졌다고도 생각했어요. "차갑게 갈라지는 너의 뒷면"(「나의 여름」)이기도 하고, "내일 아침 해는 또 누가 띄운 풍등일까"(「지지 않는 밤」) 궁금해하는 계절이기도 하고, 하 "유리잔 안에서 얼음이 무너"(「銀」)지는 것을 목격하는 시간이기도 해요. 막대 아이스크림을 먹고, 남겨진 막대를 잔디에 꽂는 장면이 나오는 시 「합정」에도 여름이 물씬 풍겨요. 시인에게 여름은 어떻게 찾아와서, 무엇을 남기고 가는 것일까요?

김영미

여름은 매번 바깥 햇살에 맨살을 드러내면서 시작되는 것 같아요. 샌들, 반소매 옷이나 누드 백 같은 것들과 함께 말이죠. 그리고 무섭게 무성해지는 초록을 견디는 일로 여름은 지나가겠지요. 장마와 함께 시작되는 것도 같아요. 수많은 비가 이전의 계절을 씻어버리고 본격적인 뜨거움을 일상에 예고하면서요. 짧은 시간 동안의 열기, 견딜 수 없는 열망이나 절망 같은 것들로 다 타버리고 마는 계절인 것 같아요, 여름은. 매번 그 끝이 태풍으로 마무리되는 것도 상처겠지요. 이런 여름의 감각으로 다른 계절을 견디는 것도 같고요. 여름이 주는, 초록으로 불타는 강력한 소진의 징후가 저를 놓아주지 않는 것 같습니다.

서윤후

"맨발"이라는 시어가 유독 많이 나오는데, 그런 맥락에서 여름을 가장 처음 만나는 헐벗음으로도 이해해볼 수 있겠어요. 또 여름이라는 큰 그림 속에서 '아이들'이 등장하는 시들이 여러 편 있었어요. '아이들'을 바라보는 화자와 혹은 화자와의 관계를 생각하면서 시를 읽었어요. 어떤 '아이들'이 내는 타자 소리를 빗소리로 착각하는 현재의 화자가 있고, "자라면서 깨지는/흉터" (「한여름의 아이스링크」)를 내다보며 미래를 비추는 화자가 있고, 화자가 가진 과거의 기억들을 호출하는 '아이들'도 있어요. 이 아이들은 어디에서 온 것일까요?

김영미

그러게요, 어디서 왔을까요, 그 아이들은. 등단 시를 쓸 무렵이었어요. 누군가 내 안에 들어온 느낌이 강하게 들었었는데요, 정확히 중2 여자아이였어요. 그 아이가 그 무렵의 시들을 마구 지휘했어요. 그 아이가 쓰라는 대로 썼던 것 같아요. 그 아이가 생각하라는 대로 생각하고. 그건 글 이전에 말이었고 말 중에서도 유년의 방언 같은 것들이었어요. 그 아이는 그 아이가 고2가 될 무렵 떠났어요. 2014년 봄이었던 것 같아요. 그리고 아직까지 돌아오지 않고 있어요. 어디서 왔는지 잘 모르겠지만 왜 떠났는지는 어렴풋이 알 것 같아요. 그러니 그 아이에게 물어봐야겠네요, 어디서 왔는지는. 돌아온다면 말입니다.

서윤후

이 시들이 적혀 있고, 그것을 읽는 동안에는 돌아온다는 믿음이 계속 켜져 있는 것이라고 믿어요. 그럼에도 '다음'이라고 말해볼 수 있는 장면들, '이후'라는 시간으로 던질 수 있는 문장들을 읽을 수도 있었어요. 일종의 희귀종 같은 문장이었어요. 감히 희망이라고 말하기엔 어려운 이 문장들을 무엇이라고 불러야 할지, 이 숙제가 이 시집을 무한하게 흐르도록 한다고 여기게 되었어요. "내려갈수록 우리는 가까워지고 합쳐졌다"(「회현」), "다짐처럼 엷은/활을 쏘는 얼굴이야"(「릴리」) "벼랑이라고 말하면 이 사이로 이끼가 자라났다/자랄수록 바닥을 덮는 것들이었다"(「호밀밭」) 등과 같은 문장들이 그랬어요. 어떤 상황을 마주하는 태도나 자세에서도 기인한다고 생각이 들어요. 그럼에도 "살아, 지고 말"(「지지 않는 밤」) 것들에 대한 이야기가 듣고 싶어요.

김영미

여덟 살 무렵 할아버지가 돌아가셨어요. 그때가 생각나요. 큰집 안방에 할아버지가 누워계시고 주변으로 집안의 어른들이

빽빽이 할아버지의 마지막을 지켜보고 계셨어요. 어린아이에겐 금지된 그 구역으로 제가 왜 자꾸 들어가려 했는지 잘 모르겠어요. 뒷덜미를 잡혀 마루나 부엌으로 밀려나면 다시 들어가 할아버지 앞에 앉았어요. 엄마도 들어가지 못한 그 자리에 쫓겨나면 들어가고 쫓겨나면 또 들어갔지요. 그러는 사이에 할아버지의 마지막을 목격했어요. 어른들이 그렇게 보지 못하게 했던 그 장면을. 정월이었고 목화솜 이불은 깨끗했고 석양 즈음이었는데, 할아버지 얼굴에서 빛이 빠져나가던 순간이 아직까지 또렷해요. 그 순간은 다른 빛으로 할아버지의 얼굴이 채워지는 순간이기도 했어요. 그때의 제 표정을 저는 끝내 못 보겠지요.

서윤후

정말 기이한 경험이네요. 누군가를 떠나보내는 기억은 유독 오래 남아요. 김영미 시인도 누군가를 떠나오게 된 일들이 많았겠지요?

김영미

많았겠죠. 앞으로도 많을 것이고요. 비단 사람뿐이 아니겠지요, 떠나오고 떠나가는 것은. 시를 써서 발표하는 일도 매번 누군가를 떠나보내는 일 같습니다. 그러고 보니 시집을 내는 건 아주 많은 것들로부터 떠나오는 일이 될 텐데요, 지금 이 인터뷰가 그런 작업의 마지막인 것 같아 마음이 복잡합니다. 종일 몸을 담고 울었던 강에서 물을 뚝뚝 흘리며 걸어 나오는 기분이랄까요. 강물이 발목 정도에서 찰랑일 때 문득 도로 들어가야 할 것 같아, 오래전에 지나간 눈물을 다시 바라보는 마음. 이미 떠나왔는데 어떤 마음이 자꾸 뒤를 돌아보게 하는지, 또 모르겠습니다. 어서 물기를 닦고 머리칼을 말려야겠습니다.

서윤후

물기가 마르는 동안에 떠나온 '곳'들에 대해서도 이야기도 해보고 싶어요. 시에서 현대공원, 불국, 모래내 9길, 합정, 회현, 론드리 카페, 객의하우스⋯⋯ 특정 공간이 시가 되는 지점들이 유독 눈에 띄었어요. 다양한 경로로 장소는 개개인에게 새로운 주소를 남기는 것 같아요. 시에 적히지 않았지만 오랫동안 주소지를 남기고 있는 장소가 또 있을까요?

김영미

서교동이나 신촌의 카페 혹은 홍대 앞 도서관에서 주로 시를 썼어요. 집에서는 잘 못 쓰는 스타일이라 여기저기 떠돌면서 글을 썼는데 그 장소들이 애틋하게 남네요. 그 시를 썼던 장소를 생각하다 보면 그 시를 썼던 시간들이 떠오르고 그러다 보면 또 어떤 감정에 휩싸이게 되고 마는 곳들. 시간을 지배하는 공간들. 지난해 연말엔 연희문학창작촌에 머물렀었는데 그곳도 오래 마음에 남을 것 같아요. 카페나 도서관과 달리 온전한 혼자를 누릴 수 있어 매혹적이었어요. 그래서 공포스럽기도 했고요. 자기를 대면하는 시간들은 언제나 그렇겠지요. 어떤 소설가는 연희문학창작촌이 너무 조용해서 요양원 같다고 했는데 저는 그 말이 참 좋았어요. 고요와 정적만으로도 치유되는 병들이 있는 것 같아서.

서윤후

저도 고요와 정적으로 치유되는 것들이 있다고 믿습니다. 그래서 주로 혼자 있는 시간이나 공간을 좋아해요. 그런 의미에서 시는 발화자의 입장에 서야 하는 것인데, 무엇을 말하고 싶지 않은지, 끝내 고요와 정적의 몫으로 남겨두고 싶어 하는지 생각해본 적 있으신가요?

김영미

어려운 질문이네요. 주인공이 자기 비밀을 앙코르와트 사원 돌기둥에 털어놓고 돌아서는 장면이 마지막이던 영화가 생각나요. 그 오래된 기둥의 구멍 속에, 차마 건넬 수 없던 말들을, 마치 입맞춤하듯이 묻고 있던 양조위의 뒷모습이 인상적이었는데요. 말을 숨기는 자의 뒤가 저렇게 슬프구나 싶었어요. 지금도 궁금해요, 우리에겐 들리지 않던 그 말들의 정체가, 비밀을 전해 들은 기둥의 마음이. 어쩌면 그런 말들이 유물의 유물로 남아 우리를 계속 뒤돌아보게 하는 건 아닌지, 끝내 고요와 정적으로 다가와 우리를 치유하는 건 아닌지. 결국 저도 숨겨두겠다는 대답이네요. 이 질문은 계속 잘 묻어두겠습니다.(웃음)

서윤후

사실 답을 구하고자 던진 질문이라기보단, 이번 시집을 읽으며 내내 자물쇠처럼 잠가두고 싶은 질문이기도 했어요. 숨겨두겠다고 해주셔서 다행이란 생각도 들어요.(웃음) 두 사람의 관계가 형성되는 시에서는 대체로, 그 관계가 일방적이거나 서로 너무 다르다는 것을 확인해가는 방식으로 전개가 되는 게 특징이었어요. 예를 들어, 「처음의 비」에서 '나'는 수긍을 잘하고, '당신'

은 설득을 잘하는 사람으로 그려지고, 「연하」에서는 '너'를 끝까지 예감하지 못한 '나'의 머나먼 인사가 그려져요. 반대로 「론드리 카페」에서는 '나'를 향한 적 없어 청결했던 당신의 문장에 대해서도 나는데요. 이 어긋남이 곧 결별의 전조가 아닐까 짐작해 볼 수 있었습니다. 그럼에도 함께 하게 되는 사람도 있고, 아무런 갈등 없이 멀어지게 되는 사람도 있겠죠? 사람을 대하는 자세나 방식에서 태어나는 감정이 시를 숙주로 삼고 발언권을 얻는 것 같아요. 어떤 대상들과 관계하는 방식에 있어 자신은 어떤 사람이라고 생각하시나요?

김영미

무심하거나 무정하거나 무해하거나 무지한 사람. 말하고 보니 모두 뭔가 없는 사람이네요. 없어서, 아무것도 없어서 받아들이지도 못하고 잡지도 못하고 담지도 못하는 사람, 지나가고 흘러가는 것들을 바라보고 아파하는 능력만큼은 많은 사람. 얼마 전 뭔가 소용이 있을까 싶어 커피 찌꺼기를 말려봤어요. 베란다 커다란 창문 아래 신문지를 깔고 방금 뜨거운 물을 견뎌낸 커피 가루를 펼쳤지요. 한 손에 커피 잔을 들고 한참을 바라봤어요. 김이 오르는 검은 가루들을, 그것들이 말라가는 동안을. 뜨겁게 나를 통과한 것들을 어쩌지 못하고 소용없는 공정에 골몰하는 사람. 말린 커피 가루를 유리병에 담아놓고 또 오래 바라보다 한 번 더 내려 먹어보는 사람. 그 밍밍한 쓴맛을 내내 기억하려는 사람. 쓰고 보니 잘못한 게 참 많은 사람 같습니다.

서윤후

소용없는 공정에 골몰하는 순간이, 어쩌면 시인에게는 꼭 필요한 시간이지 않았을까 싶어요. 김영미 시인의 시에서 일상적이지만 어딘지 모르게 낯설고 생경하게 느껴지는 이미지가 바로 그 소용없는 시간에서 출발한 게 아닌가 싶습니다. 첫 시집을 읽어가는 중요한 단서가 될 수도 있겠어요. 삶이 요구하는 생산적인 것에 응답하지 않으며 자신의 호출을 계속 청취하고 응답해온 사람. 그렇게 김영미 시인을 기억하고 싶다는 생각이 들었습니다. 제가 미처 묻지 못한 것이 있거나, 더 들어보지 못한 게 있을 수도 있을 것 같아요. 그 몫은 아쉬움으로 남겨두고, 질문이 없는 대답을 들으며 마무리하면 어떨까요?

김영미

네. 도무지 뭐가 뭔지 모르겠다는 대답을 끝까지 견뎌주셔서

고맙습니다. 첫 시집에 실리는 인터뷰라 부담이 많았어요. 불완전한 저의 지금이, 시집이 사라지지 않는 한 남아 내내 저를 괴롭히겠지요. 물론 친구들에게 좋은 놀림거리를 제공한 것 같아 뿌듯하기도 합니다.(웃음) 서윤후 시인이 건넨 아프게 정확한 질문들 덕분에 이 시집이 조금 덜 불친절해진 것 같습니다. 고맙습니다.

이토록 어리숙한 처음을 늘 기억하겠습니다.

아침달 시집 11

맑고 높은 나의 이마

1판 1쇄 펴냄 2019년 6월 20일
1판 3쇄 펴냄 2023년 7월 7일

지은이 김영미
펴낸이 손문경
큐레이터 김소연, 김언, 유계영
편집 송승언, 서윤후
디자인 한유미, 정유경

펴낸곳 아침달
출판등록 제2013-000289호
주소 03980 서울시 마포구 성미산로 153-16, 2층
전화 02-3446-5238
팩스 02-3446-5208
전자우편 achimdalbooks@gmail.com

© 김영미, 2019
값 10,000원
ISBN 979-11-89467-11-1 03810

이 도서의 국립중앙도서관 출판예정도서목록(CIP)은
서지정보유통지원시스템 홈페이지(http://seoji.nl.go.kr)와
국가자료종합목록시스템(http://www.nl.go.kr/kolisnet)에서 이용하실 수 있습니다.
(CIP제어번호 : CIP2019021528)

아침달